KB242514

엄마라면 뭐라고 했을까?

익환에게

엄마라면 뭐라고 했을까?

김난희 지음

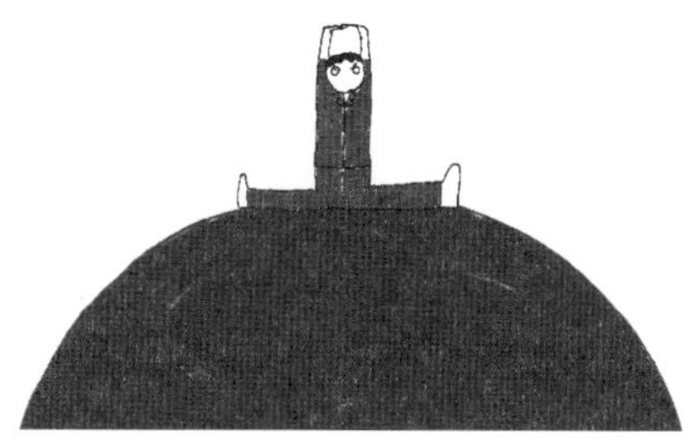

땡스&북스

마지막 순간 잔소리하고 싶지 않아서

영화를 보다 보면 이런 생각을 종종 하지.

내 삶이 얼마 남지 않았다면 무얼 할까.

나는 내 소중한 아들의 얼굴을 들여다보고, 손과 등을 어루만지고,

그리고 뭔가 아들이 살아가는 데 필요한 얘기를 전해야 하는데….

하지만

마지막 순간 잔소리를 하고 싶진 않아, 정말.

그래서 미리 글로 적어둔다.

'엄마라면 이럴 때 뭐라고 했을까?'

그런 생각이 들 때 펼쳐보라고.

생각 날 때마다 짬짬이 적다보니 잔소리 목록이 자꾸 늘어난다.

이러면 아들이 지레 질릴까 걱정스럽기도 하지만

보건 말건, 듣건 말건 그건 저의 일이고
잔소리 늘어놓는 건 언제나 나의 일.
문득 길을 잃은 것처럼 느껴지는 날
레스토랑 메뉴판 뒤적이듯 한마디 골라 읽으며
스스로 길을 찾아가라고
엄마 말이 항상 정답은 아니지만, 살아보니 그렇더라고
적어둔다.

사랑한다, 아들.
잔소리할 아들이 있어서 행복했어.

- 엄마

차례

1

마음속에 두려움이 싹틀 때

그냥 믿어.

그냥 믿는 게 믿음이야.

네가 널 믿어야 다른 사람도 널 믿는단다.

넌 지금까지 충분히 잘 해왔고,

앞으로도 분명 잘 할 거야.

그러니 네 자신을 믿어.

"사람은 믿는 대로 된다"는 체홉의 말, 너도 알지?

믿음에는 이유가 없어.

그냥 믿으면 돼.

오늘은 오늘만 살자.

내일도 오늘이 있을지는 아무도 모르잖아?

우리가 사랑하는 영화, 쿵푸팬더.

그 영화, 열 번은 본 것 같아.

명대사도 참 많지.

"과거는 히스토리, 미래는 미스터리, 현재는 프레젠트."

맞아, 오늘이야말로 최고의 선물이지.

이 근사한 선물을 바로 오늘, 신나게 풀어보자.

세상은 오늘이 전부니까!

지금 이 순간에 집중해.

그게 진짜 인생을 사는 방법이야.

넌 걱정이 많은 편이지.

하지만 네가 걱정하는 대부분의 일은

아직 일어나지도 않은 일이야.

세상의 모든 일은 미리 걱정하는 것보다

벌어진 뒤에 해결하는 게 더 쉽고 효과적이야.

그러니 그냥 지금 네가 할 수 있는 일에 집중해.

그거면 충분해.

스트레스를 받거나 고민이 있으면

일단 잠자리를 따뜻하게 하고 잠을 청해봐.

잠에서 깨어날 때는 분명

새로운 힘이 솟아나는 걸 느낄 수 있을 거야.

잠에는 스트레스를 이기는 힘이 있지.

잠을 잔다고 해서 문제가 해결되는 건 아니지만

잠 못 자고 고민하는 것보다

문제를 훨씬 더 쉽게 풀 수 있는 힘을 준단다.

네가 잠들어 있는 동안 너의 뇌가 열심히 일해서

머릿속의 나쁜 찌꺼기들을 말끔하게 씻어내 주거든.

좀 울면 어때?

울고 나면

후련해지고 좋잖아!

눈물은 마음속에 불타는 화를 가라앉히고,

슬픔을 씻어내고, 짜증을 묽게 만들지.

눈물은 부끄러운 게 아니야.

울고 싶을 땐 그냥 울어도 돼.

가만있어도 콸콸콸 흘러내리는 걸 어쩌겠니.

but!!

더러운 손으로 벅벅 문지르지는 마라, 쫌!

그럴 때면 네 마음보다 네 눈이 더 걱정된다고!

항상 이기는 사람은 없다.

이기면 큰 박수를 받지만

멋지게 지면 더 큰 박수를 받는다.

넌 항상 이기고 싶어 하지.

사소한 일이라도 1등을 하고 싶어 안달했어.

팀 활동을 하면 팀장을 하고 싶어 하고,

풍물을 배우면 상쇠를 하고 싶어 했지.

무슨 일을 하건 승리의 세리모니를 준비해 두는 너.

그런데 말이야, 1등은 피곤해.

한 걸음 뒤로 물러서서

'나 말고도 잘 하는 사람이 많구나' 하고 생각하면

인생이 훨씬 즐거워진단다.

너도 '졌잘싸'라고 말할 때가 있잖아?

졌지만 잘 싸웠다면 그걸로 됐어.

이기는 것보다 잘 싸우는 게 중요하다는 걸 잊지 마라.

시샘이 날 때

그 마음을 꾹 참고

상대를 칭찬할 줄 알아야

멋져 보인다.

어차피 1등은 뺏겼는데 멋져 보이기라도 해야 하지 않겠니?

울고, 화내고, 분해하면 좀 시시해 보이더라.

쿨하게 인정하고 '엄지척!' 해줘.

그게 바로 지고도 이기는 사람이야.

남이 가진 것을 부러워하지 않고

자신이 가진 것에 집중해야

다른 사람들이 부러워하는 사람이 될 수 있다.

엄마는 너를 다른 아이들과 비교한 적이 없어.

네가 남보다 잘하는 것이 있어도

네가 남보다 부족한 점이 있어도

그냥 있는 그대로 너라고 생각했어.

그러니 너도 네 것이 아닌 것을 욕심내거나

너에게 없는 것을 부러워하지 마라.

남 쳐다볼 시간에 너에게 집중해.

그럼 다른 사람들이 너를 부러워하게 될 거야.

너도 모르는 사이에 너는

하루가 다르게 쑥쑥 성장하고 있을 테니 말이야.

할아버지가 된 너는 어떤 모습일까?
바로 그 장면을 이정표로 삼고 가라.

언젠가 에세이 시간에 쓴 너의 글.
생의 마지막 순간, 너는 할아버지가 되어
손주들에게 간식을 만들어 주고 있을 거라 했지.
그 이야기를 들었을 때 엄마는
행복하면서도 가슴이 좀 아팠어.
그 모습을 내가 지켜볼 수 있다면
정말 좋겠구나 싶기도 했지.
네 스스로도 할아버지가 된 너의 모습을
자주 그려보면 좋겠다.
그러면 마음의 방향을 잡기가 더 쉬울 것 같아.
마치 '휴지공'을 쓰레기통에 던져 넣을 때
쓰레기통을 끝까지 바라봐야 하는 것처럼 말이야.

사람은 누구나 다르단다.

그중 어떤 것도 맞거나 틀리지 않고,

좋거나 나쁘지 않아.

그냥 서로의 다름을 있는 그대로 받아들이면 돼.

세상 사람이 모두 똑같다면 얼마나 재미없겠니?

엄마는 어릴 때부터 특이한 게 아니면 끌리지 않았어.

그래서 너처럼 특별한 아들을 만나게 된 건지도 몰라.

너의 남다름은 너를 더욱 특별하게 만들지.

그래서 네가 더 사랑스러워.

걷기는 최고의 친구,

최고의 의사,

최고의 상담사다.

답이 나오지 않아 답답할 때면 일단 밖으로 나가봐.

아무 생각 안 해도 돼.

그냥 걷는 것만으로도 답에 가까워질 테니까 말이야.

나무 한 그루 바라보는 것만으로도

자연은 끝없이 움직이고 변화하지.

그 안에는 많은 아름다움이 숨겨져 있어.

보물찾기하듯 그것들을 찾아봐.

자연의 변화를 발견하고

그 힘을 느낄 때 네가 성장하는 거야.

새 잎이 돋아나는 것, 꽃이 피고 열매를 맺는 것,

낙엽이 지고, 나뭇가지에 눈이 쌓이는 것 모두

놓치지 말고 관찰해봐.

나무 한 그루 바라보는 것만으로도

너의 일 년이 풍요로워질 거야.

질긴 놈이 이긴다!

세상의 모든 재난영화는 주제가 같아.

주인공이 절대 포기하지 않고 가족을 지킨다는 거지.

다른 모든 일도 마찬가지야.

‘이건 절대 안 될 것 같아’ 하는 생각이 들 때도

포기하지 마.

질기게 버티면 반드시 해낼 수 있으니까 말이야.

세상은 질기게 버티는 사람이 이기는 거란다.

책속에 길이 있다는 말은 진리다.

그 길을 발견하면 다시는 길을 잃지 않는다.

네가 책을 좋아해서 참 다행이야.

주로 요리책이지만 그것도 좋아.

책을 손에 들고 있는 동안 너는

순수한 몰입을 경험하게 될 테니까 말이야.

그러다 마침내

그 안에 있는 길을 발견하게 될 거야.

힘들어도 그냥 "감사합니다!"라고 말하면

감사할 일이 생긴다.

사람들이 기적이라고 말하는 것은 대부분

감사의 결과로 주어지는 것이다.

어떤 상황에서도 반드시 감사할 일은 있단다.

진짜야! 죽을 것 같은 순간에도 아직 안 죽었으니 감사하잖아?!

그러니까, 항상 감사하며 살아라.

감사하다고 말하는 순간 감사한 일이 생기는 기적을

믿기만 하면 돼.

엄마가 목숨 걸고 낳은 너야.

너를 처음 만난 날을 잊을 수가 없어.

너 낳는 동안 엄마는 세 번이나 기절을 했지.

하지만 의사가 널 내게 건네는 순간 두 팔을 활짝 벌려

너를 안았단다.

나는 좋아서 어쩔 줄 몰랐지.

"오~ 사랑해 사랑해 사랑해 사랑해~"

나도 모르게 입술에서 사랑이 쏟아졌어.

너를 낳느라 고생한 기억은 그날 분만실에 다 두고 나왔어.

너처럼 소중한 사람을 만나본 적이 없으니까 말야.

네가 얼마나 소중한 사람인지 잊지 마라.

2

깨끗하고 건강한 몸 관리를 위해

코딱지 행성 만들지 마라.

난 정말 깜짝! 놀랐다.

너, 진짜 코딱지로 태양계 만들지 마라!

그리고!!

코딱지 모아서 침대에 터는 것도 진짜! 안 돼.

잠자리에 누웠더라도 코딱지를 파게 되면

일어나서 손 씻고 다시 누워야 해.

알았어??!!

보습만이 살 길이다!

보습의 중요성 알지?

얼굴도, 손도, 발도, 다리도,

네 귀여운 배와 허리도 모두 보습을 원해.

씻고 나면 꼭 얼굴부터 발끝까지 로션을 바르도록!

몸이 촉촉하고 부드러워야 꿀잠 잘 수 있다고요~

그리고 마지막엔 꼭 립밤!

입술이 까칠까칠 허옇게 말라붙은 사람이랑

뽀뽀하고 싶진 않지?

관리 좀 하자~

일주일에 한 번은 꼭 손발톱을 깎아라.

손발톱을 야무지게 깎으면

움직일 수 있는 반경이 손톱만큼 넓어진단다.

일요일 아침에 너의 손톱을 깎아주는 것이

엄마에겐 큰 즐거움이었어.

손톱 밑에 때 낀 사람은 진짜 아니거든!

거울 앞에 섰을 때 어쩐지 꼬질꼬질해 보인다면

아마 머리가 크게 잘못한 날일 거야.

'머리가 인물'이란 말 아니?

우리 엄마가 자주 하던 말인데…ㅋ

사람은 헤어스타일에 따라 정말 달라 보인단다.

한 달에 한 번, 미용실 가는 날을 정해둬라.

머리카락이 네 멋짐을 깎아먹지 못하게 샤샤샥 깎아버려!

씻어야 사람이다.

날마다 아침저녁으로 씻는 원칙을 정해 놓고

규칙적으로 씻어라.

머리카락은 항상 보송보송 반짝반짝하게,

속옷은 꼭 날마다 갈아입고,

밥 먹고 나서 양치질하는 건 잊지 않았겠지?

집에서 빈둥거리며 쉬는 날에도 개운하게 씻고 있으면

피곤이 훨씬 빨리 가신다니까!

롸잇나우! 지금 당장 씻어!!

잠자기 전 마지막 미션은?

손 씻기!

네가 잠을 자는 동안에도 네 손은 정말 많은 일을 하지.

분명 네 눈도 만지고 입도 만질 거야.

그런데 손이 더러우면… 어우 야~ 말도 하기 싫다.

잠자리에 들기 전에는 꼭 화장실에서 볼일을 보고,

손을 깨끗하게 씻고 나와.

그게 오늘의 마지막 미션이야!

대
충
살
자
금지
금지 & 마지 키링 6종
...AN & Let's do it Keyring)

네가 네 몸을 좋아해야

네 몸도 너를 행복하게 해준다.

너무 많이 먹거나 너무 적게 움직이면 살이 찌지.

그러면 어떻게 돼?

맞아, 온갖 병이 생기지.

남 보기에도 게을러 보이고…

스스로 자기를 존중하는 마음도 사라질 수 있어.

그러니 적게 먹고 많이 움직여!

뚱뚱해지지 마!

건강의 조건 중 제일 중요한 게 바로 그거야.

제발 좀 천천히 먹어.

누가 안 뺏어 먹는다고!

네가 밥 먹다가 혀나 볼을 깨물면

엄마는 정말 온몸이 오그라드는 것 같아.

음식을 조금씩 입에 넣고 천천히 씹어.

음식이 네 입안에서 어떻게 움직이는지 느껴봐.

그러면 음식 맛도 한결 잘 느낄 수 있어.

부디 천천히 먹어!

알았지? 다 니 거니까 천천히 먹어, 어?!

우주 최고의 음식은 물이다.

알지?

물 좀 많이 마셔!

하지만 밥 먹으면서 두 컵, 세 컵 마시지는 마라, 쫌!

혼자 있을 때도 항상 몸을 바르게 해라.

그래야 다른 사람들이 너를 함부로 대하지 못한다.

너 요즘 폰 들여다볼 때

등을 둥그렇게 웅크리고 목을 앞으로 쭉 빼고 있더라.

순간 우그웨이 대사부님인 줄!

허리 좀 펴자~

＊우그웨이 대사부
　영화〈쿵푸팬더〉에 등장하는 쿵푸의 창시자이자 큰 스승으로, 갈라파고스땅거북 캐릭터.

잠옷 한 벌, 추리닝 한 벌도

험하게 입지 마라.

옷은 너를 보여주는 알림창 같은 거야.

나는 이런 사람이다 하며 너의 캐릭터를 보여주는 거지.

그런데 그거 알아?

남이 보기 전에 네가 먼저 보잖아.

네 마음에 흡족하게, 네 몸에 편하게 입어.

네게 잘 어울리는 옷으로 신중히 고르고

단정히 여며 입어라.

티셔츠가 여러 벌인 건 바지에 맞춰 골라 입으란 뜻이고

신발이 여러 켤레인 건

가는 곳에 맞춰 바꿔 신으라는 뜻이다.

넌 옷도 한번 입으면 질리도록 입어대고

신발도 한번 꺼내면 닳도록 신으려 들지.

하지만 옷이나 신발은 때와 장소에 맞아야 해.

TPO, Time, Place, Occasion 알지?

부디 센스 있게 좀 입자!

속옷 좀 잘 챙겨 입으라고오~~

너는 어릴 때부터 피부 감각이 예민해서

옷을 고르는 데 신경을 많이 썼단다.

네가 옷 갈아입을 때마다 시간을 끄는 것도

그 때문인 걸 알고 있어.

하지만 사람은 속옷을 잘 챙겨 입어야 해.

그래야 겉옷 때문에 생기는 피부 마찰을 줄일 수 있고

맨살이 밖으로 드러나는 일을 예방할 수 있어.

러닝이 싫으면 면티라도 하나 더 겹쳐 입으렴.

신발은 친구 고르듯 신중하게 골라야 한다.

그는 날마다 너와 함께 걷게 될 것이다.

신발은 네가 어디에서 왔는지,

어디로 가는지 말해주는 이정표 같은 거야.

텃밭에서 신던 진흙투성이 신발을 신은 채

호텔 레스토랑에 가는 건 좀 그렇잖아?

하지만 예쁘기만 하고 불편한 신발은 골치덩어리지.

발이 편해야 길에 집중할 수 있단다.

친구도 신발도 너에게 편하고

다른 사람 눈엔 무난한 정도가 제일 좋단다.

비가 올 것 같은데 우산을 안 갖고 나가다니⋯
그것도 귀찮아서??!!
오마이갓뜨!

지금 비가 안 오더라도 곧 쏟아질 것 같을 때는
작은 우산을 하나 챙겨들고 나가라.
귀찮아서 그냥 나갔다가 비를 만나면 자신이 참⋯
바보같이 느껴지거든.
예측 가능한 작은 재난엔 유비무환이 답!

집을 나설 땐 하늘을 봐.

그리고 네가 오늘 날씨에 맞게 잘 입었는지 살펴봐.

하늘을 살피고 얼굴에 닿는 바람을 느껴봐.

너무 얇게 입고 나가서 하루 종일 덜덜 떨거나

반대로 땀을 뻘뻘 흘리거나

옷을 벗어서 들고 다니느라 낑낑대는 것보단

다시 들어가서 갈아입고 나가는 게 한결 쉬운 일이야.

2월에 반팔 티 하나 입고 돌아다니다 독감 걸린 애,

너도 알고 있지?

머플러는 소중해.

머플러, 모자, 장갑…

그런 귀찮은 소품들이 너를 추위로부터 지켜주지.

머플러는 특히 중요해.

목으로 들어온 바람이 온몸을 돌아다닌다고 하더구나.

날이 서늘해지거든 부디 머플러를 해라.

궂은 날엔 나가지 마라.

비가 억수같이 쏟아지거나

바람이 세차게 불거나

눈보라가 치는 날에는

밖에 나가지 않는 게 좋아.

"비 구경은 역시 베란다죠!" 하던 네 말처럼

베란다에서 바깥 구경이나 하며

따뜻한 집에 있는 게 최고야.

병원 약국 가는 걸 겁내지 마라.

네가 누구인지, 그동안 네가 어디가 아팠는지

알고 있는 약사나 의사는

가족 다음으로 소중한 이웃이야.

어디가 불편하면 언제든 그 분들을 찾아가서 의논해.

네가 엄살을 부리거나 오바를 해도 이해하고 받아주실 거야.

그러니 건강할 때도 종종 들러 인사하며 지내라.

3

오늘 하루를 살아갈 규칙에 대해

춤추고 노래하는 걸 멈추지 마.

어릴 때 넌 참 열심히 춤을 추었지.

어떤 날은 하루 종일 춤을 추기도 했어.

네가 커가면서 춤을 안 추는 게 참 아쉬워.

엄마는 네가 춤추는 게 참 좋거든.

인생에는 예술이 필요하단다.

그중에서도 가장 즐거운 건 바로

음악과 춤.

노래하고 춤추는 걸 멈추지 마.

사람이 말이야,

자기가 쓸 돈은 자기가 벌어야 하지 않겠니?

엄마는 널 '금수저'로 키우고 싶었지만

남겨줄 건 별로 없을 것 같아.

그러니 네게 필요한 돈은 네가 벌어서 쓰렴.

즐겁게 할 수 있으면서도 돈이 되는 일을 찾아봐.

일은 돈을 벌기 위한 것이기도 하지만

인생을 즐기는 방법이기도 하니까 말야.

물론 네가 꿈꾸는 것처럼,

자신의 존재를 세상에 알리는 방법이기도 하지.

즐겁게 벌어서 멋지게 쓰고 살아!

돈을 쓸 때는 항상 두 번 생각해라.

돈은 참 힘이 세지.

네가 원하는 거의 모든 것을 얻을 수 있게 해주거든.

하지만 잘못 쓰면 네가 가진 모든 것을 빼앗아 가기도 한단다.

돈을 쓸 때는 항상 한 번 더 생각하고,

나중에 후회하지 않게 써야 해.

기분 내며 흥청망청 써버리면

아무리 많은 돈이라도 봄날 눈 녹듯 사라져 버리고 말지.

강물도 쓰면 준다는 말, 진짜야!

장보기 전에는 꼭 예산을 세워라.

마트나 시장에 장을 보러 갈 때는
쇼핑목록을 만들고 예산을 세워야 해.
먼저 냉장고와 식품창고를 꼼꼼히 확인해서
있는 걸 또 사는 일이 없도록 하고,
돈이 얼마나 필요한지도 미리 가늠해봐라.
아까도 엄마가 말했지? 강물도 쓰면 준다!

신용카드 만들지 마라.

신용카드를 만들어서 할부로 물건을 사기 시작하면

물건 값과 너의 지불 능력에 대해 감이 떨어질 수밖에 없어.

금방 감당하기 어려울 만큼 커지고 말 거야.

이것은 만고불변의 진리!

있는 돈은 규모 있게 쓰는 게 중요하고,

없는 돈은 쓰지 말아야 해.

아직 너의 통장에 들어오지 않은 돈을 미리 당겨서 쓰지 마라.

수돗물 좀 아껴 써!!

제발!!

손 씻을 때! 세수할 때!

세면대 막고!

물 받아서 써!!

엄마가 마르고 닳도록 말하잖니?

필요할 땐 충분히 쓰되

필요 없는 건 한 방울도 낭비해선 안 돼.

수돗물 낭비하는 건 정말 참을 수가 없다고!!

누군가 무얼 거저 주겠다고 하거든 거절해라.

세상에 공짜는 없으니까 말야.

괜찮습니다, 필요 없습니다, 관심 없습니다,

이런 말들이 네가 위험에 빠지지 않도록 도와줄 거야.

그들은 분명 네가 받은 것보다 훨씬 더 큰 걸 요구할 테니 말이야.

노력하지 않고 거저 얻어지는 것은 없다는 걸 잊지 마라.

음식은 간단하게라도 직접 해먹어라.

외식이나 인스턴트식품에 길들여지면

나중엔 그것들이 널 길들이려 들 거야.

입이 좋아하는 음식과 몸이 좋아하는 음식은 다르단다.

간단하게라도 네 몸이 좋아하는 음식을 직접 만들어 먹어라.

음식을 해먹는 일은 너를 사랑하는 가장 즐거운 방법이란다.

되도록 담백하게 먹어라.

엄마는 먹는 데 까다롭다는 얘기를 종종 들어.

'맵뜨단짠'을 싫어하거든.

그런데 넌 오히려 반대인 것 같아서 좀 걱정돼.

자극적인 음식은 위장과 피부에 안 좋고

먹는 모습도 썩 근사하지 않은 것 같아.

네가 좀 더 담백하고 단순하게 조리된 음식을 먹었으면 좋겠어.

음식은 되도록 천천히 즐기면서 먹어야 하는데

너무 입에 감기면 영혼을 챙기기 어렵잖아.

귀찮은 일은 미룰수록 커진다.

음식을 먹고 나면 바로 설거지를 해라.

물에 담가 불려야 할 것이 있을 때도

일단 씻은 뒤에 담가놓아야 냄새가 안 나.

싱크대를 쓰레기통으로 만들고 싶진 않겠지?

식사 후에 창문 활짝 열고 설거지하는 건 국룰!

밥 먹은 뒤에 바로 드러눕기 금지!

엄마가 설거지 하다 뒤돌아보면
네가 소파에 누워 있을 때가 종종 있더라.
그건 정말정말정말 안 좋은 습관이야.
역류성식도염 생긴다니까!
밥 먹은 뒤엔 가볍게 몸을 움직이는 게 좋아.
밖으로 나가 산책이라도 하면 더욱 좋겠지?

침대에서 뭔가 먹는 건 놉!

침대에서 뭔가를 먹으면

부스러기가 떨어져 침대가 지저분해지지.

그러면 잠자리가 불편해질 수밖에 없어.

게다가 침대에 사는 진드기들이

뷔페식당 열렸다고 아주 좋아할걸?

진드기 밥 줄 생각 아니면 음식은 꼭 식탁에서 드시오!

약은 꼭 정해진 시간에 먹어라.

살면서 약 먹을 일이 없으면 더없이 좋겠지만

아마 그건 어려울 거야.

약 먹을 때 중요한 건 의사나 약사가 알려주는 시간에

빠뜨리지 않고 먹는 거야.

그래야 효과를 제대로 볼 수 있거든.

약을 받을 때는 항상 복용법을 정확하게 확인하고

알람을 맞춰두고 제 시간에 먹어라.

그것만으로도 훨씬 더 빨리 건강해질 수 있단다.

먼지와 함께 살거나

감사와 함께 살거나

날마다 쓰는 물건과 한 달에 한 번 쓰는 물건을

모두 늘어놓고 살면 쌓이는 건 먼지밖에 없어.

자주 사용하지 않는 물건은 서랍에, 책장에, 선반에 정리해라.

조금 귀찮더라도 정리해 놓고 움직이며 사는 게

생활의 질서를 만드는 방법이야.

1년 동안 한 번도 안 쓴 물건이 있다면

그 물건이 필요한 이웃을 찾아 나누면 돼.

나눔이 반복되면 네 집엔 먼지 대신 감사가 쌓이게 될 거야.

쓸데없는 잡동사니는 제발 버려!

넌 좀 쌓아두는 경향이 있더라.

그런데 그거 아니?

알뜰도 과하면 병이야.

모든 물건에는 독이 있어서

쓸모를 다하면 독을 내뿜기 시작한단다.

행여나 하고 쌓아두는 물건은

역시나 다시 찾을 일이 없더구나.

그러니 쓸데없는 잡동사니는 그때그때 버리고

잘 쓰던 물건이라도 너무 낡으면 정리해.

그래야 새 물건이 들어올 자리가 생기지.

건강 제1계명,

규칙적으로 먹고 자라.

아무리 재밌어도 한도 끝도 없이 놀면 안 돼.

잠이 부족하면 다음날을 망치게 되거든.

그런 생활이 계속되면 건강을 해칠 수도 있어.

너의 몸과 마음을 위해

먹고 자는 일에 진심을 다해라.

집을 나서기 전엔

이부자리를 깔끔하게 정리해라.

한번 해봐.

집에 돌아왔을 때 마음이 얼마나 편한지….

스마트 기기는 너의 편리를 위해 만들어진 거야.

네가 오히려 그들의 목적에 이용당하면 안 된다.

스마트폰 알림음이 네 마음을 건드릴지라도

조금만 참아봐.

하고 있던 일을 마친 뒤에 확인해도 늦지 않아.

정말 급하면 전화하겠지.

조금만 여유를 가져.

시간이 두 배로 늘어나는 TV 시청법

텔레비전은 휴식과 즐거움을 주지.

하지만 생각 없이 보다보면

하루를 통째로 삼켜버리는 괴물로 돌변하고 말지.

TV는 2시간 이상 연속으로 보지 마라.

그리고 최고의 스타가 진행하는 프로그램만 봐.

그러면 시간이 두 배로 늘어나는 마법을 경험하게 될 거야.

해가 지고 가로등이 켜지면

집에 돌아와.

일이 끝나면 바로 집으로 돌아와.

밤늦게 돌아다니면 위험한 일이 생기기 쉬우니까.

밖에는 재미난 일이 많지만

밤은 쉬어야 하는 시간이야.

해가 지고 가로등이 켜지면

집에 돌아와.

너를 쉬게 해줘.

길을 걸을 땐 항상

네가 어디쯤 가고 있는지 알아야 해.

길을 걸을 땐 항상 이정표를 보며 방향을 가늠해야 해.

방심하면 길을 잃을 수도 있으니까.

지하철노선표나 지도를 찬찬히 들여다보면

방향 감각을 키우는 데 도움이 될 거야.

길을 나설 땐 항상

돌아올 일을 염두에 두어야 한다.

혼자 너무 멀리 나가지 마라.

집과 마을에 널 기다리는 사람이 있다는 걸

잊어선 안 돼.

운전은 하지 마라.

여러 면에서 아쉽지만,

여러 면에서 그게 낫겠어.

자동차 반대! 오토바이 절대반대!

버스, 지하철, 택시 많잖아?

먼 곳에 가야 하면 비행기나 KTX를 타고,

가까운 거리는 너의 두 발이면 충분해.

먼 길을 나설 때는 꼭

어디 가는지, 언제쯤 돌아올지

말하고 나가야 해.

혼자 살 때도 마찬가지야.

여행을 가거나 길게 집을 비울 때면

가까운 이웃이나 친구에게 말해두는 게 좋아.

단골 편의점이나 카페 같은 곳에 인사를 남기는 것도 좋겠지?

"제가 한 달 간 유럽 여행을 가요. 다녀와서 뵐게요~"

어머, 너무 있어 보인당~ *^___^*

네 머리만 믿지 말고

중요한 일정은 메모를 해라.

매달 1일이면 다이어리를 펼쳐놓고

그 달의 중요한 일정이나 다짐들을 적어봐.

그리고 항상 볼 수 있게 책상 위에 펼쳐놓아.

처음엔 분명 기억하고 있었는데

시간 지나면서 까마득히 잊히는 일들이 있거든.

너는 무엇이든 잘 기억하는 편이지만

일정표나 메모를 쓰면

중요한 일을 까마득히 잊고 있다

나중에 자책하는 일을 줄일 수 있단다.

날마다 잠들기 전에 일기를 써라.

일기의 중요성은 나이가 먹을수록 커진다.

일기는 참 많은 것을 가져다 주지.

하지만 어릴 때 쓰던 것처럼

그날 있었던 일을 차례로 다 적을 필요는 없어.

나이가 들수록 잘 기억도 안 나고 말야.

생각나는 일, 떠오르는 생각… 있는 그대로 간단하게 적으며

마음을 정리하는 시간을 갖는 게 중요해.

나머지는 똑똑한 네 뇌가 알아서 해줄 거야.

죽도록 일하면 안 된다.

일은 잘 놀기 위해서 하는 거야.

학교 방학만큼은 아니라도

자주 휴가를 가져야 해.

주말에는 되도록 일하지 말고,

너무 더울 때나 추울 때는

날씨 좋은 곳으로 휴가를 가는 것이 좋아.

사람도 배터리랑 똑같아.

충전하지 않고 쓰기만 하면 금방 방전되고 말거든.

함께해서 좋은 순간이 있는가 하면

혼자라서 더 좋은 순간도 있단다.

좋은 전시, 좋은 공연 있으면

놓치지 말고 가서 봐라.

모든 순간 꼭 짝이 있어야 하는 건 아니야.

혼자만의 문화생활을 즐겨봐.

그 안에 깃든 고요한 행복을 느껴봐.

두려움이 발목을 잡을 땐

두 눈을 부릅떠라.

무서운 일이 있거든 눈을 더 크게 떠라.

눈을 감으면 두려움은 순식간에 커지고 가까워지지.

자기 눈으로 낱낱이 확인하는 게

두려움을 극복하는 가장 좋은 방법이야.

4

사람 때문에 마음이 복잡할 때

사람은 사람을 만나야 해.

누군가 만나자고 하면 귀찮아하지 말고 나가라.

씻기 귀찮고 옷 갈아입기 귀찮아서 안 나가면

나중엔 그들도 널 귀찮아하게 된단다.

누군가 널 부르거든 즐거운 마음으로 씻고 나가.

분명 잘 나왔다 싶을 거야.

상대방의 마음은 상대방의 것이야.

사는 동안 다른 사람 때문에 상처받는 일을

피할 수는 없단다.

사람의 마음은 모두 서로 다르기 때문이야.

서로 깊이 사랑하고 있을 때조차

사람의 마음은 서로 다르단다.

그러니 상대방의 마음을 네가 가지려 욕심 부리지 말고

상대방의 마음은 상대방의 것으로 남겨둬라.

너 혼자 말해 놓고

상대방이 안 들어준다고 속상해하면 안 돼.

하고 싶은 말이 있다고 해서 네 말만 해선 안 돼.

상대방이 들을 준비가 되어 있는지 확인하는 게 먼저야.

말을 할 때는 항상

그의 이름을 부르고,

그의 눈을 바라보고,

그의 눈이 너를 받아들일 때,

그때 말해야 해.

상대방에게 도착하지 못한 말은

그냥 공중에 버려지고 만단다.

주말에나 밤에는 전화하지 마라.

사람들은 모두 자기만의 시간을 갖고 싶어 해.

주말이나 저녁엔 휴식을 취하고 싶어 하지.

특히 늦은 시간에 전화하는 건 실례야.

아주 급한 일이 아니면

저녁 9시 이후에는 전화하지 마라.

먼저 메시지를 보내봐.

중요한 용건은 아니지만 뭔가 궁금한 게 있다면

먼저 메시지를 보내봐.

상대방이 지금 뭐하고 있는지 알 수 없으니까 말이야.

통화하고 싶다면 먼저 문자를 보내서

지금 통화 가능한지 물어보는 것도 좋아.

전화를 걸었을 때도 무작정 네 얘기부터 하지 말고

"지금 통화 괜찮으세요?" 하고 물어보는 게 매너야.

네 마음을 말해.

감사하다고

미안하다고

예쁘다고

사랑한다고

말해.

이심전심, 말 안 해도 알겠거니 하면 안 돼.

말로 표현하지 않으면 절대 몰라.

목소리를 조금만 낮춰봐.

목소리가 너무 크면 듣는 사람이 피곤해해.

야무지게 또박또박 말하는 것은 정말 좋지만

목소리가 큰 건 완전 다른 얘기지.

상황에 따라 목소리 크기를 적당히 조절할 줄 알면

훨씬 분위기 있는 사람으로 보일 거야.

모르는 건 모른다고 해.

모르는 건 부끄러운 게 아니야.

네가 정확히 아는 게 아니면 나서지 말고

너보다 더 잘 아는 사람에게 맡겨둬.

네가 모든 것을 알 수도 없고

네가 모든 일을 해결할 수도 없으니까 말야.

아는 게 많은 사람보다

자기 일에 집중하는 사람이 더 멋지단다.

싫은 건 싫다고 분명하게 말해.

너는 아니라고 말하지 못해서 손해를 볼 때가 있지.

다른 사람이 상처를 받을까봐,

또는 뭐라고 대답해야 할지 몰라서 우물쭈물하거나

그냥 난처해서 '네' 하고 대답할 때가 있지.

그러다 보면 억울한 일을 당할 수 있단다.

망설이다 등 떠밀리는 건

스스로 선택하고 결정한 것과 다를 바 없어.

아닐 때는 아니라고 망설이지 말고 말해.

그게 널 지키는 첫 번째 방법이야.

어떤 경우라도 다른 사람을 다치게 해서는 안 돼.

살다보면 다른 사람과 갈등할 때가 있지.

네가 먼저 공격을 받을 때도 있고 말이야.

하지만 어떤 경우에도 다른 사람을 다치게 해서는 안 돼.

사람을 밀치거나 때리는 일은

어떤 경우라도 안 돼.

도무지 말이 안 통하면 차라리 그 자리를 피해.

시간이 많은 문제를 해결해 줄 테니 말이야.

혼자서 해결할 수 없는 일을

혼자서 해결하려 하지 마라.

정말 위험하다고 느껴지면 112에 전화해.

분명 착한 경찰이 와서 너를 지켜줄 거야.

누군가 부탁을 해오면 바로 답하지 마라.

네가 할 수 있는 일인지 먼저 생각하고

꼭 네가 해줘야 하는 일인지

한 번 더 생각한 뒤에 대답해라.

사람을 매정하게 대하라는 게 아니야.

스스로 감당 못할 부탁을 무심코 받아들일까 염려하는 거야.

남의 일 해주느라 네 일을 못하는 경우가 생기면

안 되니까 말이야.

무대에선 더 천천히 말해야 해.

넌 무대에 서는 걸 참 좋아하지.

그런데 마이크 앞에 설 때는 기술이 좀 필요하단다.

그중에서 가장 중요한 건 천천히 말하기야.

무대 위에선 사람들을 바라보며 천천히,

평소보다 또박또박 말해야 잘 들린단다.

공간이 넓고 사람이 많다고 해서 크게 말해야 하는 건 아니야.

그건 마이크가 해야 할 일이고,

넌 오히려 조용히, 천천히 말하면 돼.

말이 씨가 된다는 말 알지?

남에게도 너 자신에게도 거친 말은 금지!

예쁜 말 씨앗을 심으면 예쁜 말이 자라고,

거친 말 씨앗을 심으면 거친 말이 자란단다.

정말이야.

엄마가 경험해 보니 정말 그렇더라고!

그러니 항상 예쁜 말, 바른 말 씨앗을 심어라.

SNS에 너무 많은 에너지를 쏟지 마.

네가 즐거울 만큼,

꼭 필요한 만큼만 사용해라.

누군가 너의 글에 안 좋은 댓글을 남기면

절대 대꾸하지 마라.

불편한 광고도 마찬가지야.

반응하지 말고 조용히 지우는 게 최선의 대응이란 거 알지?

남 주기 아까운 걸 남에게 줘.

남에게 무언가를 줄 때는
네가 줄 수 있는 가장 좋은 걸 줘야 해.
그래야 그 사람이 진심으로 좋아한단다.

소중한 사람의 소중한 날을 챙겨라.

소중한 사람에게 축하할 일이 있을 때는

선물에 네 마음을 담아 전하는 게 좋단다.

선물은 항상 좋지.

하지만 꼭 백화점에 가서 비싼 물건을 사야 하는 건 아니야.

그 사람에게 어떤 게 필요할까,

그 사람에게 어떤 게 어울릴까 하고 고민하는 그 시간이

가장 소중한 선물이니까 말이야.

가까운 이웃과 음식을 나누는 즐거움

네가 맛있는 음식을 만들면 조금 나눠서
옆집이나 가까이 사는 친구에게 갖다 줘봐.
그러면 전보다 더 다정한 사이가 되지.
음식을 나는 것은 정을 나누는 일이거든.

술은 즐겁기 위해 마시는 것.

취할수록 즐거움은 작아진다.

스무 살이 넘으면 술을 마셔도 돼.

하지만 취하도록 마시지는 마라.

사람들과의 이야기 자리가 유쾌할 만큼이면 충분해.

술은 즐겁기 위해 마시는 거란다.

남자라서 꼭 씩씩해야 하는 건 아니야.

너는 그냥 너답게,

네 생각과 느낌이 이끄는 대로 살면 돼.

남자, 여자, 어른, 아이…

이런 기준에 얽매이지 마라.

중요한 건 네가 정말 원하는가 하는 거야.

그게 가장 중요한 기준이야.

누군가 널 싫어한다고 오해하지 마라.

그 사람은 그냥 너에게 관심이 없는 거야.

사람들은 남에게 별 관심이 없단다.

다른 사람이 널 싫어하거나 무시한다고 여겨진다면

그건 아마 그들이 지금 방해받고 싶지 않거나

네가 하는 얘기에 도통 관심이 없는 거야.

누군가 섭섭하게 할 때면 그냥 너도

‘그래, 차라리 이게 편하다’ 하고 생각하고 말아.

도움이 필요할 땐 도와달라고 말해.

사람은 혼자서 살 수 없어.

누구나 다른 사람과 어울려 도움을 주고받으며 사는 거야.

그러니 도움이 필요할 땐 도와달라고 얘기해.

다른 사람의 도움을 받는 것은 절대 부끄러운 일이 아니야.

그리고 누군가 도움을 요청할 땐 너도 마음을 다해 돕도록 해.

그만큼 네 마음도 따뜻해질 거야.

고민이 있을 땐 친구보다 어른들과 의논해라.

그들은 시간이 주는 지혜를 갖고 있거든.

혼자서 결정하기 힘든 일이 있을 때는 어른들과 의논해라.

친구들은 네 마음에 드는 답을 줄지는 모르지만

너보다 더 현명한 판단을 하긴 어려울 수도 있거든.

가족, 친척, 선생님들이 항상 너를 위해 시간을 내주실 거야.

믿을 수 있는 어른들을 자주 찾아가 만나라.

그 사람이랑 의논해서 결정해라.

네가 결혼하게 될까?

결혼하는 게 좋을까?

엄마는 아직 잘 모르겠어.

네가 원하는 대로 해.

네가 사랑하는 사람을 만나 함께 사는 것이

엄마의 평생소원이었어.

하지만 그건 네가 결정할 일이지.

꼭 함께 살고 싶은 사람이 생기면

그 사람이랑 둘이 의논해서 결정하도록 해.

어느 쪽도 나쁘지 않단다.

네가 누구 아들인지 항상 기억해라.

엄마는 강한 사람이야.

살아오는 동안 힘든 일도 많이 겪었지만

한 번도 나 자신을 의심해 본 적은 없단다.

너도 널 믿어라.

엄마 아들이니 너도 강한 사람일 게 분명해.

혹시 지금 힘들거나 흔들리더라도

그게 너라고 생각하지는 마.

사람은 누구나 흔들릴 때가 있지만

모든 것은 지나간단다.

엄마가 말해준 솔로몬의 조언 기억하고 있지?

This too shall pass away.

모든 것은 다 지나가.

기쁨도 슬픔도 그냥 지나가는 바람일 뿐이야.

너 자신을 바라보며 살아라.

쓰는 동안 더 좋은 엄마가 되었다

이 글을 쓰는 동안 나는 놀라운 경험을 했다.

아이에 대한 나의 자세, 말투, 표정 하나까지,

마치 함께할 시간이 얼마 남지 않았다는 걸 알고 있는 사람처럼

다정하고 애틋하게 변해가고 있었다.

나의 목소리에서 날카로운 각이 없어졌다.

씻으라는 말 한마디도 노래처럼 부드러워지고,

포옹 한 번에도 진심이 담기고,

그릇에 밥을 담는 주걱조차 상냥하게 움직인다.

"내 삶이 얼마 남지 않았다면"

이처럼 놀라운 가정이 또 있을까.

날마다 이런 생각을 하며 살아간다면

나는 하루하루 더 나은 사람이 되어 있으리라.

엄마라면 뭐라고 했을까?

초판 1쇄 발행 2026년 3월 19일

글·사진 김난희 ㅣ 그림 김익환 ㅣ 디자인 황수진

펴낸이 김난희

펴낸곳 (주)땡스앤컴퍼니 · 땡스앤북스
출판등록 제2018-000215호
주소 서울시 마포구 성미산로3길 35 1층

일원화 공급처
(주)북새통
주소 (03955)서울특별시 마포구 월드컵로36길 18 902호
대표전화 02-338-0117
팩스 02-338-7160

© 김난희, 2026

ISBN 979-11-964676-9-2 03810